SVART MAN

SVART MAN

ALDIVAN TORRES

Emily Cravalho

aldivan teixeira torres

CONTENTS

1 | 1

1

SVART MAN
"

Aldivan Torres
Emily Andrade Cravalho
SVART MAN

Av: Aldivan Torres
Emily Andrade Cravalho
2020- Emily Andrade Cravalho
Alla rättigheter förbehållna

Den här boken, inklusive alla dess delar, är upphovsrättsskyddad och kan inte reproduceras utan författarens tillstånd, säljas igen eller överföras.

Emily Andrade Cravalho, född i Brasilien, är en litterär konstnär. Löften med hans skrifter att glädja allmänheten och leda honom till glädjen av njutning. När allt kommer omkring är sex en av de bästa sakerna som finns.

Hängivenhet och tack

Jag tillägnar denna erotiska serie till alla sexälskare och perverse som jag. Jag hoppas kunna uppfylla alla galna sinnes förväntningar. Jag börjar detta arbete här med övertygelsen att Amelinha, Belinha och

deras vänner kommer att göra historia. Utan vidare, en varm kram till mina läsare.
Bra läsning och mycket roligt.
Med tillgivenhet, författaren.
Presentation

Amelinha och Belinha är två systrar födda och uppvuxna i det inre av Pernambuco. Döttrar till jordbruksbygder visste tidigt hur de skulle möta landets hårda svårigheter med ett leende i ansiktet. Med detta nådde de sina personliga erövringar. Den första är en offentlig finansrevisor och den andra, mindre intelligent, är en kommunal lärare för grundutbildning i Arcoverde.

Även om de är lyckliga professionellt, har de två ett allvarligt kroniskt problem när det gäller relationer eftersom de aldrig tyckte att deras prins var charmig, vilket är varje kvinnas dröm. Den äldsta, Belinha, bodde hos en man ett tag. Det förråddes emellertid vad som genererade i dess lilla hjärta irreparabla traumat. Hon tvingades skilja sig och lovade sig själv att aldrig lida igen på grund av en man. Amelinha, stackars grej, hon kan inte ens förlovas. Vem vill gifta sig med Amelinha? Hon är en fräck brunett, mager, medellång höjd, honungsfärgade ögon, medium rumpa, bröst som vattenmelon, bröst definierad bortom ett fängslande leende. Ingen vet vad hennes verkliga problem är, eller snarare båda.

I förhållande till deras interpersonella förhållande är de mycket nära att dela hemligheter mellan dem. Eftersom Belinha förråddes av en skurk, tog Amelinha smärta hos sin syster och gick också ut för att leka med män. De två blev en dynamisk duo känd som "Perversa systrarna". Trots det älskar män att vara deras leksaker. Det beror på att det inte finns något bättre än att älska Belinha och Amelinha ens ett ögonblick. Ska vi lära känna deras berättelser tillsammans?

Den svarta mannen

Amelinha och Belinha, liksom stora proffs och älskare, är vackra och rika kvinnor integrerade i sociala nätverk. Förutom själva könet försöker de också få vänner.

En gång gick en man in i den virtuella chatten. Hans smeknamn var "Black Man". I detta ögonblick darrade hon snart för att hon älskade svarta män. Legenden säger att de har en obestridd charm.
- Hej snygging! - Du ringde till den välsignade svarta mannen.
- Hej, okej? - Svarade den intressanta Belinha.
- Allt bra. Ha en god natt!
- Godnatt. Jag älskar svarta människor!
- Detta har rört mig djupt nu! Men finns det en speciell anledning till detta? Vad heter du?
- Tja, anledningen är min syster och jag gillar män, om du vet vad jag menar. Så långt namnet går, även om det här är en mycket privat miljö, har jag inget att dölja. Jag heter Belinha. Trevligt att träffas.
- Nöjet är mitt. Jag heter Flavius, och jag är väldigt trevlig!
- Jag kände fasthet i hans ord. Du menar att min intuition är rätt?
- Jag kan inte svara på det nu för det skulle sluta hela mysteriet. Vad är din systers namn?
- Hon heter Amelinha.
- Amelinha! Vackert namn! Kan du beskriva dig själv fysiskt?
- Jag är blond, lång, stark, långt hår, stor rumpa, medelstora bröst och jag har en skulptural kropp. Och du?
- Svart färg, en meter och åttio centimeter hög, stark, fläckig, armar och ben tjocka, snygga, sjungna hår och definierade ansikten.
- aj! aj! Jag tänder på dig!
- Oroa dig inte för det. Vem känner mig, glömmer aldrig.
- Vill du göra mig galen nu?
- Ledsen för det, älskling! Det är bara för att lägga lite charm till vårt samtal.
- Hur gammal är du?
- Tjugofem år och din?
- Jag är trettioåtta år gammal och min syster trettiofyra. Trots åldersskillnaden är vi väldigt nära. I barndomen förenades vi för att övervinna svårigheter. När vi var tonåringar delade vi våra drömmar.

Och nu, i vuxen ålder, delar vi våra prestationer och frustrationer. Jag kan inte leva utan henne.

- Bra! Din känsla är väldigt vacker. Jag får lust att träffa er båda. Är hon lika stygg som du?
- På ett bra sätt är hon bäst på vad hon gör. Mycket smart, vacker och artig. Min fördel är att jag är smartare.
- Men jag ser inget problem i det här. Jag gillar båda.
- Gillar du verkligen det? Amelinha är en speciell kvinna. Inte för att hon är min syster utan för att hon har ett jättehjärta. Jag tycker lite synd om henne eftersom hon aldrig fick en brudgum. Jag vet att hennes dröm är att gifta sig. Hon gick med i ett uppror för att jag förråddes av min följeslagare. Sedan dess söker vi bara snabba relationer.
- Jag förstår verkligen. Jag är också en pervers. Men jag har ingen speciell anledning. Jag vill bara njuta av min ungdom. Du verkar som fantastiska människor.
- Tack så mycket. Är du verkligen från Arcoverde?
- Jag är från centrum. Och du?
- Från stadsdelen San Cristobal
- Bra. Bor du ensam?
- Ja. Nära busstationen.
- Kan du få besök av en man idag?
- Vi skulle gärna vilja. Men du måste hantera båda. Okej?
- Oroa dig inte, kärlek. Jag klarar upp till tre.
- Ja, just det! Sann!
- Jag kommer snart. kan du förklara platsen?
- Ja. Det blir mitt nöje.
- Jag vet var det är. Jag kommer upp dit!

Den svarta mannen lämnade rummet och Belinha också. Hon utnyttjade det och flyttade till köket där hon träffade sin syster. Amelinha tvättade smutsiga rätter till middag.

- God natt till dig, Amelinha. Du kommer inte tro. Gissa vem som kommer över?
- Jag har ingen aning, syster. WHO?

- Flavius. Jag träffade honom i det virtuella chattrummet. Han blir vår underhållning idag.
- Hur ser han ut?
- Det är Black Man. Stoppade du någonsin och tänkte att det kunde vara trevligt? Den stackars mannen vet inte vad vi kan!
- Det är det verkligen, syster! Låt oss avsluta honom.
- Han kommer att falla, med mig! Sa Belinha.
- Nej! Det kommer att vara med mig-svarade Amelinha.
- En sak är säker: Med en av oss kommer han att falla - avslutade Belinha.
- Det är sant! Vad sägs om att vi gör allt klart i sovrummet?
- Bra idé. Jag hjälper dig!

De två omättliga dockorna gick till rummet och lämnade allt organiserat för hanens ankomst. Så snart de är färdiga hör de klockan ringer.

- Är det han, syster? - Frågade Amelinha.
- Låt oss kolla in det tillsammans! - Han bjöd in Belinha.
- Kom igen! Amelinha instämde.

Steg för steg passerade de två kvinnorna dörren till sovrummet, passerade matsalen och anlände sedan till vardagsrummet. De gick till dörren. När de öppnar den möter de Flavius charmiga och manliga leende.

- Godnatt! Okej? Jag är Flavius.
- Godnatt. Du är hjärtligt välkommen. Jag är Belinha som pratade med dig på datorn och den här söta tjejen bredvid mig är min syster.
- Trevligt att träffas, Flavius! - sade Amelinha.
- Trevligt att träffas. Kan jag komma in?
- Säker! - De två kvinnorna svarade samtidigt.

Hingsten hade tillgång till rummet genom att observera alla detaljer i inredningen. Vad hände i det kokande sinnet? Han blev särskilt rörd av vart och ett av dessa kvinnliga exemplar. Efter ett kort ögonblick tittade han djupt in i de två hoarnas ögon och sa:

- Är du redo för vad jag har kommit att göra?
- Redo-bekräftade älskarna!

Trion stannade hårt och gick långt till det större rummet i huset. Genom att stänga dörren var de säkra på att himlen skulle gå till helvetet på några sekunder. Allt var perfekt: Arrangemanget av handdukarna, sexleksakerna, porrfilmen som spelades på tak-tv och den romantiska musiken levande. Ingenting kunde ta bort nöjet med en fantastisk kväll.

Det första steget är att sitta vid sängen. Den svarta mannen började ta av sig de två kvinnornas kläder. Deras lust och törst efter sex var så stor att de orsakade lite ångest hos de söta damerna. Han tog av sig skjortan som visar bröstkorgen och buken väl utarbetade av den dagliga träningen på gymmet. Ditt genomsnittliga hår över hela denna region har dragit suck från flickorna. Efteråt tog han av sig byxorna så att han fick syn på Box-underkläderna och därmed visade hans volym och maskulinitet. Vid den här tiden tillät han dem att röra vid orgeln, vilket gjorde det mer upprätt. Utan hemligheter kastade han bort underkläderna och visade allt som Gud gav honom.

Han var tjugotvå centimeter lång, fjorton centimeter i diameter nog för att göra dem galna. Utan att slösa bort tid föll de på honom. De började med förspelet. Medan den ena svällde sin kuk i munnen slickade den andra pungen. I den här operationen har det gått tre minuter. Lång nog för att vara helt redo för sex.

Sedan började han tränga in i det ena och sedan in i det andra utan preferens. Bussens frekventa takt orsakade stön, skrik och flera orgasmer efter lagen. Det var trettio minuter vaginalt sex. Var och en halva tiden. Sedan avslutade de med oral och analsex.

Elden

Det var en kall, mörk och regnig natt i huvudstaden i alla brakved i Pernambuco. Det fanns stunder då frontvindarna nådde 100 kilometer i timmen och skrämde de stackars systrarna Amelinha och Belinha. De två perversa systrarna möttes i vardagsrummet i sin enkla bostad i stadsdelen San Cristobal. Med inget att göra pratade de glatt om allmänna saker.

- Amelinha, hur var din dag på gårdskontoret?
- Samma gamla sak: Jag organiserade skatte- och tullförvaltningens skatteplanering, hanterade betalningen av skatter, arbetade för att förebygga och bekämpa skatteflykt. Det är hårt arbete och tråkigt. Men givande och väl betalt. Och du? Hur var din rutin i skolan? - Frågade Amelinha.
- I klassen skickade jag innehållet och vägledde eleverna på bästa möjliga sätt. Jag korrigerade misstagen och tog två mobiltelefoner av elever som stör klassen. Jag gav också lektioner i beteende, hållning, dynamik och användbara råd. Hur som helst, förutom att jag är lärare är jag deras mamma. Ett bevis på detta är att jag, vid pausen, infiltrerade i elevernas klass och tillsammans med dem spelade vi. Enligt min mening är skolan vårt andra hem och vi måste ta hand om de vänskap och mänskliga kontakter som vi har från det - svarade Belinha.
- Strålande, min lillasyster. Våra verk är fantastiska eftersom de ger viktiga känslomässiga och interaktionskonstruktioner mellan människor. Ingen människa kan leva isolerat, än mindre utan psykologiska och ekonomiska resursanalyserade Amelinha.
- Jag håller med. Arbete är viktigt för oss eftersom det gör oss oberoende av det rådande sexistiska imperiet i vårt samhälle, sa Belinha.
- Exakt. Vi kommer att fortsätta i våra värderingar och attityder. Människan är bara bra i sängen - observerade Amelinha.
- På tal om män, vad tyckte du om Christian? Frågade Belinha.
- Han levde upp till mina förväntningar. Efter en sådan upplevelse ber min instinkter och mitt sinne alltid om mer genererande internt missnöje. Vad är din åsikt? - Frågade Amelinha.
- Det var bra, men jag känner också att du är ofullständig. Jag är torr av kärlek och sex. Jag vill ha mer och mer. Vad har vi för idag? Sa Belinha.
- Jag är tom för idéer. Natten är kall, mörk och mörk. Hör du bullret ute? Det är mycket regn, starka vindar, blixtar och åska. Jag är rädd! Sa Amelinha.
- Jag också! - Belinha erkände.

I detta ögonblick hörs ett dundrande bult i hela Arcoverde. Amelinha hoppar i knäet på Belinha som skriker av smärta och förtvivlan. Samtidigt saknas el, vilket gör dem båda desperata.
- Och nu då? Vad ska vi göra Belinha? - Frågade Amelinha.
- Gå av mig, tik! Jag hämtar ljusen! Sa Belinha. Belinha pressade försiktigt sin syster till sidan av soffan när hon famlade väggarna för att komma till köket. Eftersom huset är relativt litet tar det inte lång tid att slutföra denna operation. Med takt tar han ljusen i skåpet och tänder dem med tändstickorna strategiskt placerade ovanpå kaminen.

När ljuset tänds återvänder hon lugnt till rummet där han möter sin syster med ett mystiskt leende öppet i ansiktet. Vad gjorde hon?
- Du kan ventilera, syster! Jag vet att du tänker något- Sa Belinha.
- Vad händer om vi kallar stadens brandkår för en varning? Sa Amelinha.
- Låt mig reda ut det här. Vill du uppfinna en fiktiv eld för att locka dessa män? Vad händer om vi blir arresterade? - Belinha var rädd.
- Min kollega! Jag är säker på att de kommer att älska överraskningen. Vad har de bättre att göra på en mörk och tråkig natt som denna? sa Amelinha.
- Du har rätt. De tackar dig för det roliga. Vi kommer att bryta elden som förtär oss inifrån. Nu kommer frågan: Vem har modet att ringa dem? frågade Belinha.
- Jag är väldigt blyg. Jag lämnar denna uppgift åt dig, min syster - sa Amelinha.
- Alltid mig. Okej. Vad som än händer - avslutade Belinha.

När hon går upp från soffan går Belinha till bordet i hörnet där mobilen är installerad. Hon ringer brandkårens nödnummer och väntar på att bli besvarad. Efter några grepp hör han en djup, fast röst tala från andra sidan.
- Godnatt. Det här är brandkåren. Vad vill du?
- Jag heter Belinha. Jag bor i stadsdelen Saint Christopher här i Arcoverde. Min syster och jag är desperata överallt detta regn. När el gick ut här i vårt hus orsakade en kortslutning och började sätta eld på

föremålen. Lyckligtvis gick min syster och jag ut. Branden förbrukar långsamt huset. Vi behöver hjälp från brandmännen - sade bedrövade flickan.
- Ta det lugnt, min vän. Vi kommer snart. Kan du ge detaljerad information om din plats? - Frågade brandmannen i tjänst.
- Mitt hus ligger precis vid Central aveny, tredje huset till höger. Är det okej med er?
- Jag vet var det är. Vi är där om några minuter. Var lung- Sa brandmannen.
- Vi väntar. Tack! - Tack Belinha.

De återvände till soffan med ett brett flin, de släppte sina kuddar och snyftade av det roliga de gjorde. Detta rekommenderas dock inte om de inte var två horor som dem.

Cirka tio minuter senare hörde de banka på dörren och gick för att svara. När de öppnade dörren stod de inför tre magiska ansikten, var och en med sin karakteristiska skönhet. Envar svart, sex meter lång, ben och armar medium. En annan var mörk, en meter och nittio lång, muskulös och skulptural. En tredjedel var vit, kort, tunn, men mycket förtjust. Den vita pojken vill presentera sig själv:
- Hej damer, god natt! Jag heter Roberto. Den här mannen bredvid heter Matthew och den bruna mannen, Philip. Vad heter du och var är elden?
- Jag är Belinha, jag pratade med dig i telefon. Den här brunetten här är min syster Amelinha. Kom in så ska jag förklara det för dig.
- Okej - De tog emot de tre brandmännen samtidigt.

Kvintetten gick in i huset och allt verkade normalt eftersom elen hade återvänt. De slår sig ner på soffan i vardagsrummet tillsammans med tjejerna. Misstänkt, de pratar.
- Branden är över, eller hur? Frågade Matthew.
- Ja. Vi kontrollerar det redan tack vare en stor insats - förklarade Amelinha.
- Synd! Jag har velat jobba. Där vid kasernen är rutinen så monoton, sa Felipe.

- Jag har en idé. Vad sägs om att arbeta på ett mer behagligt sätt? - föreslog Belinha.
- Du menar att du är vad jag tror? - Frågade Felipe.
- Ja. Vi är ensamstående kvinnor som älskar nöje. På humör för skojs skull? frågade Belinha.
- Bara om du går nu - svarade svart man.
- Jag är också med - bekräftade den bruna mannen.
- Vänta på mig - Den vita pojken är tillgänglig.
- Så, låt oss - sa tjejerna.

Kvintetten gick in i rummet och delade en dubbelsäng. Sedan började sexorgien. Belinha och Amelinha turades om för att delta i glädjen för de tre brandmännen. Allt verkade magiskt och det fanns ingen bättre känsla än att vara med dem. Med olika gåvor upplevde de sexuella och appositionella variationer och skapade en perfekt bild.

Flickorna verkade omättliga i sin sexuella iver som gjorde de yrkesverksamma galna. De gick hela natten och hade sex och njutningen tycktes aldrig ta slut. De gick inte förrän de fick ett brådskande samtal från jobbet. De slutade och gick för att svara på polisrapporten. Ändå skulle de aldrig glömma den underbara upplevelsen tillsammans med de "perversa systrarna".

Läkarkonsultation

Det gick upp i den vackra huvudstaden. Vanligtvis vaknade de två perversa systrarna tidigt. Men när de stod upp kände de sig inte bra. Medan Amelinha fortsatte att nysa kände hennes syster Belinha sig lite kvävd. Dessa fakta kom antagligen från förra natten på Virginia War Square där de drack, kryssade på munnen och snyftade harmoniskt i den lugna natten.

Eftersom de inte mår bra och utan styrka för någonting, satt de religiöst i soffan och funderade på vad de skulle göra för att professionella åtaganden väntade på att bli lösta.

- Vad gör vi, syster? Jag är helt andfådd och utmattad - sa Belinha.
- Berätta om det! Jag har huvudvärk och jag börjar få ett virus. Vi är vilse! Sa Amelinha.

SVART MAN

- Men jag tror inte att det är en anledning att sakna arbete! Människor är beroende av oss! Sa Belinha
- Lugna, låt oss inte få panik! Vad sägs om att vi går med i det trevliga? - Föreslagen Amelinha.
- Berätta inte för mig att du tänker vad jag tänker .... - Belinha blev förvånad.
- Det är rätt. Låt oss gå till läkaren tillsammans! Det kommer att vara en bra anledning att sakna arbete och vem vet inte händer vad vi vill! Sa Amelinha
- Bra ide! Så vad väntar vi på? Låt oss bli klara! frågade Belinha.
- Kom igen! - Amelinha instämde.

De två gick till sina respektive inneslutningar. De var så glada över beslutet; de såg inte ens sjuka ut. Var det bara deras uppfinning? Förlåt mig, läsare, låt oss inte tänka illa om våra kära vänner. Istället kommer vi att följa med dem i det här spännande nya kapitlet i deras liv.

I sovrummet badade de i sina sviter, tog på sig nya kläder och skor, kammade sitt långa hår, satte på sig en fransk parfym och åkte sedan till köket. Där krossade de ägg och ost som fyllde två bröd och åt med en kyld juice. Allt var väldigt gott. Ändå verkade de inte känna det för att ångest och nervositet framför läkarmottagningen var gigantisk.

När allt var klart lämnade de köket för att lämna huset. För varje steg de tog, slog deras små hjärtan av känslotänkande i en helt ny upplevelse. Välsignade vare de alla! Optimism tog tag i dem och var något att följa av andra!

På utsidan av huset går de till garaget. De öppnar dörren i två försök och står framför den blygsamma röda bilen. Trots sin goda smak på bilar föredrog de populära framför klassikerna av rädsla för det vanliga våldet som finns i nästan alla brasilianska regioner.

Utan dröjsmål går flickorna in i bilen och ger försiktigt utgången och sedan stänger en av dem garaget och återvänder till bilen omedelbart efter. Vem kör är Amelinha med erfarenhet redan tio år. Belinha får ännu inte köra.

Den mycket korta vägen mellan deras hem och sjukhuset görs med säkerhet, harmoni och lugn. I det ögonblicket hade de den falska känslan att de kunde göra vad som helst. I motsats till detta var de rädda för hans list och frihet. De blev själva förvånade över de vidtagna åtgärderna. Det var inte för något mindre att de kallades slutta bra juveler!

Anländer till sjukhuset planerade de mötet och väntade på att bli kallade. Under detta tidsintervall utnyttjade de ett mellanmål och utbytte meddelanden via mobilapplikationen med sina kära sexuella tjänare. Mer cyniskt och glad än dessa var det omöjligt att vara!

Efter ett tag är det deras tur att ses. Oskiljaktiga går in på vårdkontoret. När detta händer har läkaren nästan en hjärtattack. Framför dem var en sällsynt bit av en man: En lång blond, en meter och nittio centimeter lång, skäggig, hår som bildade en hästsvans, muskulösa armar och bröst, naturliga ansikten med en änglalik blick. Redan innan de kunde utarbeta en reaktion inbjuder han:

- Sitt ner, ni båda!
- Tack! - De sa båda.

De två har tid att göra en snabb analys av miljön: framför servicebordet, läkaren, stolen där han satt och bakom en garderob. På höger sida, en säng. På väggen, expressionistiska målningar av författaren Cândido Portinari som visar mannen från landsbygden. Stämningen är väldigt mysig vilket gör att flickorna är lugna. Atmosfären av avkoppling bryts av den formella aspekten av samrådet.

- Berätta vad du känner, tjejer!

Det lät informellt för tjejerna. Hur söt var den blonda mannen! Det måste ha varit utsökt att äta.

- Huvudvärk, indisposition och virus! - Berättade Amelinha.
- Jag är andlös och trött! - Han hävdade Belinha.
- Det är ok! Låt mig ta en titt! Lägg dig på sängen! - frågade doktorn.

Hororna andades knappt på denna begäran. Professionelle fick dem att ta av sig en del av sina kläder och kände dem i olika delar som

orsakade frossa och kallsvettning. Inse att det inte var något seriöst med dem, skämtade skötaren:
- Allt ser perfekt ut! Vad vill du att de ska vara rädda för? En injektion i röven?
- Jag älskar det! Om det är en stor och tjock injektion ännu bättre! Sa Belinha.
- Kommer du att ansöka långsamt, kärlek? Sa Amelinha.
- Du frågar redan för mycket! - Noterade läkaren.

När han försiktigt stänger dörren faller han på flickorna som en vild djur. Först tar han resten av kläderna av kropparna. Detta skärper hans libido ännu mer. Genom att vara helt naken beundrar han ett ögonblick de skulpturala varelserna. Då är det hans tur att visa upp. Han ser till att de tar av sig kläderna. Detta ökar samspelet och intimiteten mellan gruppen.

Med allt klart börjar de inleda sex. Att använda tungan i känsliga delar so manusen, röven och örat orsakar blondinen min-njutningsorgasmer hos båda kvinnorna. Allt gick bra även när någon fortsatte att knacka på dörren. Ingen väg ut, han måste svara. Han går lite och öppnar dörren. Då stöter han på joursjuksköterskan: en smal mulatt, med tunna ben och mycket låg.

- Läkare, jag har en fråga om en patients medicinering: är det fem eller tre hundra milligram Clotrimazole? - Frågade Roberto som visade ett recept.
- Fem hundra! - Bekräftade Alex.

För närvarande såg sjuksköterskan fötterna på de nakna tjejerna som försökte gömma sig. Skrattade inuti.

- Skämtar lite, va, läkare? Ring inte ens dina vänner!
- Ursäkta mig! Vill du gå med i gänget?
- Det gör jag gärna!
- Kom sen!

De två kom in i rummet och stängde dörren bakom sig. Mer än snabbt tog mulatten av sig kläderna. Helt naken visade han sin långa, tjocka, ven mast som en trofé. Belinha var mycket nöjd och gav honom snart oralsex. Alex krävde också att Amelinha skulle göra detsamma med honom. Efter oral började de anal. I den här delen fann Belinha det mycket svårt att hålla fast vid sjuksköterskans monsterkuk. Men när det väl kom in i hålet var deras nöje enormt. Å andra sidan kände de inte några svårigheter eftersom deras penis var normal.

Sedan hade de vaginalt sex i olika positioner. Rörelsen fram och tillbaka i håligheten orsakade hallucinationer i dem. Efter detta skede förenades de fyra i ett gruppsex. Det var den bästa upplevelsen där de återstående energierna spenderades. Femton minuter senare var de båda sålda. För systrarna skulle sex aldrig ta slut, men bra eftersom de respekterades dessa mäns svaghet. De ville inte störa deras arbete och slutade ta intyget om motivering av arbetet och deras personliga telefon. De lämnade helt sammansatta utan att väcka någon uppmärksamhet under sjukhuspassagen.

Anländer till parkeringen, gick de in i bilen och började tillbaka. Glada som de är, tänkte de redan på sin nästa sexuella ondska. De perversa systrarna var verkligen något!

Privatlektion

Det var en eftermiddag som alla andra. Nykomlingar från jobbet, de perversa systrarna var upptagna med hushållssysslor. Efter att ha avslutat alla uppgifter samlades de i rummet för att vila lite. Medan Amelinha läste en bok använde Belinha mobilt internet för att bläddra bland sina favoritwebbplatser.

Vid något tillfälle skriker den andra högt i rummet, vilket skrämmer hennes syster.

- Vad är det, flicka? Är du galen? - Frågade Amelinha.

- Jag gick precis in på webbplatsen för tävlingar med en tacksam Belinha överraskad.

- Berätta mer!

- Registreringar från den federala regionala domstolen är öppna. Låt oss göra?

- Bra samtal, min syster! Vad är lönen?

- Mer än tiotusen initiala dollar.

- Mycket bra! Mitt jobb är bättre. Men jag kommer att göra tävlingen eftersom jag förbereder mig på att leta efter andra evenemang. Det kommer att fungera som ett experiment.

- Du klarar dig väldigt bra! Du uppmuntrar mig. Nu vet jag inte var jag ska börja. Kan du ge mig tips?

- Köp en virtuell kurs, ställa många frågor på testwebbplatserna, gör och gör om tidigare tester, skriv sammanfattningar, titta på tips och ladda ner bland annat bra material på internet.

- Tack! Jag tar alla dessa råd! Men jag behöver något mer. Titta, syster, eftersom vi har pengar, hur är det med att vi betalar för en privatlektion?

- Jag hade inte tänkt på det. Det är en bra idé! Har du några förslag för en kompetent person?

- Jag har en mycket kompetent lärare här från Arcoverde i mina telefonkontakter. Titta på hans bild!

Belinha gav sin syster sin mobiltelefon. När hon såg pojkens bild var hon extatisk. Förutom stilig var han smart! Det skulle vara ett perfekt offer för att paret anslöt sig till det användbara till det trevliga.

- Vad väntar vi på? Hämta honom, syster! Vi måste studera snart. - sade Amelinha.

- Du har det! - Belinha accepterade.

När hon stod upp från soffan började hon ringa numren på telefonnumret. När samtalet har gjorts tar det bara några ögonblick att svara.

- Hallå. Är du okej?

- Det är fantastiskt, Renato.

- Skicka ut beställningarna.

- Jag surfade på Internet när jag upptäckte att ansökningar om den federala regionala domstolstävlingen är öppna. Jag utnämnde mitt sinne omedelbart som en respektabel lärare. Kommer du ihåg skolans säsong?

- Jag minns den tiden väl. Bra tider de som inte kommer tillbaka!

- Det är rätt! Har du tid att ge oss en privatlektion?

- Vad en konversation, ung dam! För dig har jag alltid tid! Vilket datum ställer vi in?
- Kan vi göra det imorgon klockan 14:00? Vi måste komma igång!
- Jag gör det självklart! Med min hjälp säger jag ödmjukt att chansen att passera ökar otroligt.
- Jag är säker på det!
- Så bra! Du kan förvänta mig klockan 2:00.
- Tack så mycket! Vi ses imorgon!
- Vi ses senare!

Belinha lade på telefonen och skissade ett leende åt sin följeslagare. Amelinha misstänkte svaret och frågade:
- Hur gick det?
- Han accepterade. I morgon klockan 14:00 är han här.
- Så bra! Nerver dödar mig!
- Bara ta det lugnt, syster! Det kommer att bli bra.
- Amen!
- Ska vi laga middag? Jag är redan hungrig!
- Väl ihågkommen.!

Paret gick från vardagsrummet till köket där i en trevlig miljö pratade, spelade, lagade mat bland annat. De var exemplariska systrar som förenades av smärta och ensamhet. Det faktum att de var juveler i sex bara kvalificerade dem ännu mer. Som ni alla vet har den brasilianska kvinnan varmt blod.

Strax efter bröder de sig runt bordet och funderade på livet och dess omväxlingar.
- Äter jag den här läckra kycklingstroganoffen, jag kommer ihåg den svarta mannen och brandmännen! Stunder som aldrig verkar passera! - Belinha sa!
- Berätta om det! De killarna är utsökta! För att inte tala om sjuksköterskan och läkaren! Jag älskade det också! - Kom ihåg Amelinha!
- Sant nog, min syster! Att ha en vacker mast blir någon man trevlig! Må feministerna förlåta mig!
- Vi behöver inte vara så radikala ...!

De två skrattar och fortsätter att äta maten på bordet. För ett ögonblick spelade ingenting annat någon roll. De verkade vara ensamma i världen och det kvalificerade dem som gudinnor av skönhet och kärlek. Eftersom det viktigaste är att må bra och ha självkänsla.

Säkra på sig själva fortsätter de i familjeritualen. I slutet av detta skede surfar de på internet, lyssnar på musik i vardagsrumsstereon, tittar på tvåloperor och senare en porrfilm. Denna rusning lämnar dem andfådda och trötta och tvingar dem att vila i sina respektive rum. De väntade ivrigt på nästa dag.

Det kommer inte dröja länge innan de somnar i en djup sömn. Förutom mardrömmar sker natt och gryning inom det normala intervallet. Så snart gryningen kommer stiger de upp och börjar följa den normala rutinen: Bad, frukost, arbete, hem, bad, lunch, tupplur och flytta till rummet där de väntar på det planerade besöket.

När de hör knackar på dörren, står Belinha upp och svarar. Då stöter han på den leende läraren. Detta orsakade honom god intern tillfredsställelse.

- Välkommen tillbaka, min vän! Redo att lära oss?
- Ja, väldigt, väldigt redo! Tack igen för denna möjlighet! - Sa Renato.
- Låt oss gå in! - Sa Belinha.

Pojken tänkte inte två gånger och accepterade flickans begäran. Han hälsade Amelinha och på hennes signal satte han sig i soffan. Hans första attityd var att ta av sig den svarta stickade blusen för att den var för varm. Med detta lämnade han sitt välarbetade bröstskydd i gymmet, svetten droppade och hans mörkhåriga ljus. Alla dessa detaljer var ett naturligt afrodisiakum för de två "perversionerna".

Låtsas att inget hände, inleddes en konversation mellan de tre.
- Förberedde du en bra klass, professor? - Frågade Amelinha.
- Ja! Låt oss börja med vilken artikel? - Frågade Renato.
- Jag vet inte ... - sa Amelinha.
- Vad har vi kul först? När du tog av dig tröjan blev jag våt! - Bekände Belinha.

- Jag sade också Amelinha.
- Är det inte det jag älskar? - Sa mästaren.

Utan att vänta på svar tog han av sig sina blå jeans som visade lårens adduktormuskler, hans solglasögon med sina blå ögon och slutligen hans underkläder som visade en perfektion av lång penis, medel tjocklek och med trekantigt huvud. Det räckte för de små hororna att falla på toppen och börja njuta av den manliga, joviala kroppen. Med hans hjälp tog de av sig kläderna och inledde förberedelserna för sex.

Kort sagt, detta var ett underbart sexuellt möte där de upplevde många nya saker. Det var nästan fyrtio minuter av vild sex i fullständig harmoni. I dessa ögonblick var känslorna så stora att de inte ens märkte tid och rum. Därför var de oändliga genom Guds kärlek.

När de nått extas vilade de lite på soffan. De studerade sedan de discipliner som tävlingen laddade. Som studenter var de två hjälpsamma, intelligenta och disciplinerade, vilket konstaterades av läraren. Jag är säker på att de var på väg till godkännande.

Tre timmar senare slutade de lovande nya studiemöten. Lyckliga i livet gick de perversa systrarna för att ta hand om sina andra uppgifter som redan tänkte på sina nästa äventyr. De var kända i staden som "Den omättliga".

Tävlingstest

Det var ett tag sedan. I ungefär två månader ägnade de perversa systrarna sig åt tävlingen enligt den tillgängliga tiden. Varje dag som gick var de mer beredda på vad som än kom och gick. Samtidigt fanns det sexuella möten och i dessa ögonblick befriades de.

Testdagen hade äntligen kommit. När de lämnade tidigt från huvudstaden i inlandet började de två systrarna gå motorvägen BR 232 på en total rutt på 250 km. På vägen passerade de viktigaste punkterna i statens inre: Pesqueira, Belo Jardim, São Caetano, Caruaru, Gravatá, Bezerros och Vitória de Santo Antão. Var och en av dessa städer hade en historia att berätta och från sin erfarenhet absorberade de den helt. Hur bra det var att se bergen, atlantiska skogen, caatinga, gårdar, gårdar, byar, små städer och dricka den rena luften från skogarna. Pernambuco var en riktigt underbar stat!

När de kommer in i huvudstadens stadsområde firar de resans goda förverkligande. Ta huvudvägen till stadsdelens bra resa där de skulle utföra testet. På vägen möter de trafik, trafik, likgiltighet från främlingar, förorenad luft och brist på vägledning. Men de lyckades äntligen. De går in i respektive byggnad, identifierar sig och börjar testet som skulle pågå i två perioder. Under testets första del fokuserar de helt på utmaningen med flervalsfrågor. Väl utarbetad av banken som ansvarar för evenemanget, föranledde de mest olika bearbetningarna av de två. Enligt deras mening gick de bra. När de tog pausen gick de ut till lunch och en juice på en restaurang framför byggnaden. Dessa ögonblick var viktiga för dem för att behålla sitt förtroende, förhållande och vänskap.

Efter det gick de tillbaka till testplatsen. Sedan började den andra perioden av evenemanget med frågor som rör andra discipliner. Även utan att hålla samma takt var de fortfarande mycket uppmärksamma i sina svar. De bevisade på detta sätt att det bästa sättet att klara tävlingar är att ägna mycket åt studier. Ett tag senare avslutade de sitt säkra deltagande. De överlämnade bevisen, återvände till bilen och flyttade mot stranden i närheten.

På vägen spelade de, slog på ljudet, kommenterade loppet och avancerade på gatorna i Recife och tittade på de upplysta gatorna i huvudstaden eftersom det var nästan natt. De förundras över syner. Inte konstigt att staden är känd som "huvudstaden i tropikerna". Solnedgången ger miljön ett ännu mer magnifikt utseende. Så trevligt att vara där just nu!

När de nådde den nya punkten närmade de sig havets stränder och lanserades sedan i dess kalla och lugna vatten. Känslan som provoceras är extatisk av glädje, tillfredsställelse, tillfredsställelse och fred. De tappar tid och simmar tills de är trötta. Därefter ligger de på stranden i stjärnljus utan rädsla eller oro. Magi tog tag i dem briljant. Ett ord som skulle användas i det här fallet var "Omätbar".

Vid någon tidpunkt, med stranden nästan öde, finns det ett tillvägagångssätt för två män av tjejerna. De försöker stå upp och springa inför en fara. Men de stoppas av pojkarnas starka armar.

- Ta det lugnt, tjejer! Vi kommer inte att skada dig! Vi ber bara om lite uppmärksamhet och tillgivenhet! - En av dem talade.

Inför den mjuka tonen skrattade flickorna av känslor. Om de ville ha sex, varför inte tillfredsställa dem? De var mästare i denna konst. Som svar på deras förväntningar stod de upp och hjälpte dem att ta av sig kläderna. De levererade två kondomer och gjorde en striptease. Det räckte för att göra de två männen galna.

När de föll till marken älskade de varandra parvis och deras rörelser fick golvet att skaka. De tillät sig alla sexuella variationer och önskningar hos båda. Vid denna leveranspunkt brydde de sig inte om någonting eller någon. För dem var de ensamma i universum i en stor kärleksritual utan fördomar. I sex var de helt sammanflätade och producerade en kraft som aldrig tidigare sett. Liksom instrument var de en del av en större kraft i livets fortsättning.

Bara utmattning tvingar dem att sluta. Helt nöjda slutade männen och gick iväg. Flickorna bestämmer sig för att gå tillbaka till bilen. De börjar sin resa tillbaka till sin bostad. Helt bra tog de med sig sina erfarenheter och förväntade sig goda nyheter om tävlingen de deltog i. De förtjänade verkligen världens bästa lycka.

Tre timmar senare kom de hem i fred. De tackar Gud för välsignelserna genom att somna. Häromdagen väntade jag på fler känslor för de två galningarna.

Lärarens återkomst

Gryning. Solen stiger tidigt med sina strålar som passerar genom fönstrets sprickor och smeker ansikten på våra kära barn. Dessutom bidrog den fina morgonbrisen till att skapa stämning i dem. Hur trevligt det var att få möjlighet till ytterligare en dag med fars välsignelse. Långsamt står de två upp från sina sängar nästan samtidigt. Efter badet äger mötet rum i baldakinen där de förbereder frukost tillsammans.

Det är ett ögonblick av glädje, förväntan och distraktionsupplevelse vid otroligt fantastiska tider.

När frukosten är klar samlas de bekvämt på bordet i trästolar med ryggstöd för pelaren. Medan de äter utbyter de intima upplevelser.

Belinha
Min syster, vad var det?
Amelinha
Ren känsla! Jag minns fortfarande varje detalj i kropparna hos dessa kära kretins!
Belinha
Jag också! Jag kände ett stort nöje. Det var nästan extrasensoriskt.
Amelinha
Jag vet! Låt oss göra dessa galna saker oftare!
Belinha
Jag håller med!
Amelinha
Gillade du testet?
Belinha
Jag älskade det. Jag dör för att kontrollera min prestation!
Amelinha
Jag också!

Så snart de slutade mata plockade flickorna upp sina mobiltelefoner genom att komma åt mobilt internet. De navigerade till organisationens sida för att kontrollera återkopplingen av beviset. De skrev ner det på papper och gick till rummet för att kontrollera svaren.

Inuti hoppade de av glädje när de såg den goda tonen. De hade gått! Den känsla som kände kunde inte rymmas just nu. Efter att ha firat mycket har han den bästa idén: Bjud in mästare Renato så att de kan fira uppdragets framgång. Belinha är återigen ansvarig för uppdraget. Hon tar upp sin telefon och ringer.

Belinha
Hallå?
Renato

Hej, är du okej? Hur mår du, söta Belle?
Belinha
Mycket bra! Gissa vad som just hände.
Renato
Berätta inte för dig ...
Belinha
ja! Vi klarade tävlingen!
Renato
Mina gratulationer! Sade jag inte det?
Belinha
Jag vill tacka dig så mycket för ditt samarbete på alla sätt. Du förstår mig, eller hur?
Renato
Jag förstår. Vi måste ställa upp något. Helst hemma hos dig.
Belinha
Det var precis därför jag ringde. Kan vi göra det idag?
Renato
ja! Jag kan göra det ikväll.
Belinha
Undra. Vi förväntar dig då klockan åtta på natten.
Renato
Okej. Kan jag ta med min bror?
Belinha
Självklart!
Renato
Vi ses senare!
Belinha
Vi ses senare!

    Anslutningen avslutas. När hon tittar på sin syster släpper Belinha ut ett skratt av lycka. Nyfiken, frågar den andra:
Amelinha
Än sen då? Kommer han?
Belinha

Det är okej! Klockan åtta ikväll återförenas vi. Han och hans bror kommer! Har du tänkt på orgie?
Amelinha
Berätta om det! Jag slår redan av känslor!
Belinha
Låt det vara hjärta! Jag hoppas att det fungerar!
Amelinha
- Det är allt ordnat!

De två skrattar samtidigt och fyller miljön med positiva vibrationer. I det ögonblicket tvivlade jag inte på att ödet konspirerade för en rolig natt för den galna duon. De hade redan uppnått så många etapper tillsammans att de inte skulle försvagas nu. De bör därför fortsätta att avguda män som en sexuell lek och sedan kasta dem. Det var det minsta loppet kunde göra för att betala för deras lidande. Faktum är att ingen kvinna förtjänar att lida. Eller snarare, nästan alla kvinnor förtjänar ingen smärta.

Dags att komma till jobbet. När de lämnar rummet redan redo, går de två systrarna till garaget där de lämnar i sin privata bil. Amelinha tar först Belinha till skolan och åker sedan till gårdskontoret. Där utstrålar hon glädje och berättar de professionella nyheterna. För godkännande av tävlingen får han alla gratulationer. Samma sak händer med Belinha.

Senare återvänder de hem och träffas igen. Sedan börjar förberedelserna för att ta emot dina kollegor. Dagen lovade att bli ännu mer speciell.

Exakt vid den planerade tiden hör de knackar på dörren. Belinha, den smartaste av dem, står upp och svarar. Med fasta och säkra steg sätter han sig in i dörren och öppnar den långsamt. Efter att ha avslutat denna operation visualiserar han brödraparet. Med en signal från värdinnan går de in och slår sig ner i soffan i vardagsrummet.

Renato
Detta är min bror. Han heter Ricardo.
Belinha

Trevligt att träffas, Ricardo.

Amelinha

Du är välkommen här!

Ricardo

Jag tackar er båda. Nöjet är allt mitt!

Renato

Jag är redo! Kan vi bara gå till rummet?

Belinha

Kom igen!

Amelinha

Vem får vem nu?

Renato

Jag väljer Belinha själv.

Belinha

Tack, Renato, tack! Vi är tillsammans!

Ricardo

Jag ska gärna stanna hos Amelinha!

Amelinha

Du ska darra!

Ricardo

Vi får se!

Belinha

Låt sedan festen börja!

Männen placerade försiktigt kvinnorna på armen och bar dem upp till sängarna i en av dem. Anländer till platsen tar de av sig kläderna och faller i de vackra möblerna och börjar kärleksritualen i flera positioner, utbyter smekningar och delaktighet. Spänningen och glädjen var så stor att de producerade stönen hördes tvärs över gatan som skandaliserade grannarna. Jag menar, inte så mycket, för de visste redan om sin berömmelse.

Med slutsatsen från toppen återvänder älskarna till köket där de dricker juice med kakor. Medan de äter chattar de i två timmar och ökar gruppens interaktion. Hur bra det var att vara där och lära sig om livet och hur man kunde vara lycklig. Tillfredsställelse är att ha det bra med dig själv och att världen bekräftar sina erfarenheter och värderingar innan andra bär säkerheten att inte kunna bedömas av andra. Därför var det maximala som de trodde "Var och en är sin egen person".

Vid nattfall säger de äntligen adjö. Besökarna lämnar "Kära Pyrenéerna" ännu mer euforiska när de tänker på nya situationer. Världen fortsatte bara att vända sig mot de två förtroende. Må de ha tur!

Slutet

www.ingramcontent.com/pod-product-compliance
Lightning Source LLC
LaVergne TN
LVHW021051100526
838202LV00082B/5451